HENRI DELPECH

o——o

FRAGMENTS INÉDITS

DE

SATAN

ÉPOPÉE

Chant I.	La Terre.
Chant V.	Le Ciel.
Chant VI	Le Purgatoire
Chant VII.	L'Enfer.
Chant IX.	Le Néant.
Chant X.	La dernière Orgie
Chant XIII.	Le Jugement dernier

PARIS

E. DENTU, LIBRAIRE-ÉDITEUR

Palais-Royal, galerie d'Orléans, 13

1862

FRAGMENTS INÉDITS DE SATAN

EPOPÉE

Bordeaux. — Typographie Aug. Lavertujon, rue Montméjan, 7.

HENRI DELPECH

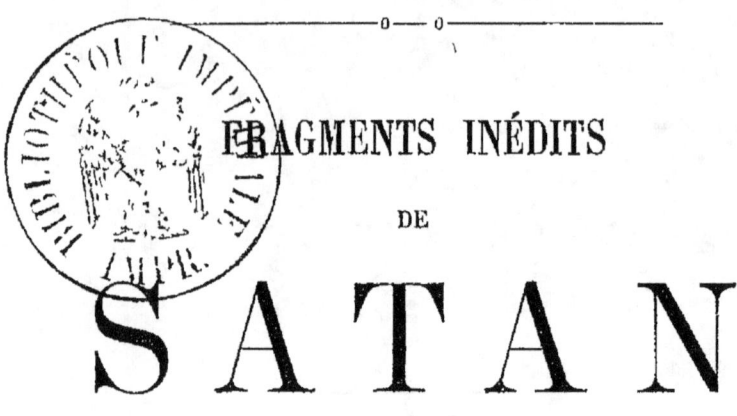

FRAGMENTS INÉDITS

DE

SATAN

ÉPOPÉE

Chant I.	LA TERRE
Chant V	LE CIEL
Chant VI.	LE PURGATOIRE
Chant VII.	L'ENFER.
Chant IX.	LE NÉANT.
Chant X.	LA DERNIÈRE ORGIE
Chant XIII	LE JUGEMENT DERNIER.

PARIS

E. DENTU, LIBRAIRE-ÉDITEUR

Palais-Royal, galerie d'Orleans, 13

1862

L'épopée de Satan (*) a eu l'honneur inat-
tendu de critiques publiques ou intimes, aux-
quelles j'ai voulu rendre hommage en publiant
des fragments complémentaires groupés sous
forme de supplément. Quelques-uns de ces fragments avaient été retranchés de l'œuvre origi-
nale ; les autres ont été composés après coup.
Puisse le lecteur les accueillir avec indulgence !

H. D.

(*) 2 vol. in-12, chez Dentu, libraire. Prix, 5 fr.

LA TERRE

Fragment I

—

SATAN

(Avant le vers 1er)

Eh bien ! provocateurs de luttes colossales,
Vous à qui j'ai promis des palmes triomphales ,
Approchez ! de ma main venez les recevoir :
Le Ciel vous est echu par un effort sublime !
     Puisque Dieu râle dans l'Abime,
Denombrez vos exploits, et faites-les valoir .

De ces maîtres des cieux , de ces anges célèbres,
Combien ont disparu dans les grandes tenèbres ?
Combien sont dans vos fers retenus convulsifs ?
Ces esclaves de Dieu , devenus vos esclaves ,
    Amenez-les ici , mes braves ,
Pour qu'à votre triomphe ils assistent captifs !

Venez tous contre un sceptre echanger votre glaive !
Qu'hésitez-vous ? — Quoi ! nul d'entre vous ne se leve !
Le grand usurpateur n'est il pas abattu ?

Glorieux compagnons de ma grande entreprise,
    Auriez-vous failli dans la crise?
Aurais-je donc compté trop sur votre vertu ?

Qu'ils doivent se railler, là-haut, de vos prouesses!
Leur Maître leur doit bien de telles allegresses!
Ce qu'il vous faut, à vous, combattants nouveau-nes,
C'est un bras qui vous courbe, un fouet qui vous châtie!
    Dans la poussière et l'infame
Roulez-vous, sans espoir à jamais prosternes!

Cachez-vous, cachez-vous, esprits pusillanimes'
Moi seul ai combattu les combats magnanimes!
Moi seul! et nul de vous, — ô honte, ô lâchete! —
Au degré du peril exaltant son courage,
    N'a su faire servir sa rage
Au triomphe par Moi si longtemps disputé'

Que l'ombre sur vos fronts succede à la lumière!
Si vous avez perdu votre splendeur première,
Gardez-vous de vous plaindre, ô miserables cœurs!
Que m'importe que Dieu desormais sur vous tonne!
    A vos maux je vous abandonne!
Cherchez qui vous protege et vous rende vainqueurs!

—

Ainsi parlait Satan, vaincu, mais intrepide,
A ses noirs compagnons precipites du Ciel.
Or, en ce même instant, fermentait dans le vide,
A la voix d'Æloim, un travail solennel.

Ce n'est plus le neant, ce n'est pas encor l'être.
L'Eternelle Pensee a conçu l'Univers,

Ce contingent fini dans l'Infini va naître,
Entre des cris plaintifs et de joyeux concerts.

LE SILENCE

Ah! quelle est cette voix qui vibre a mon oreille, etc.

LE CIEL

Fragment I

(*vers 108.*)

Doux Anathel, le Christ t'en tiendra compte un jour !

—

Anathel s'approcha, craintif, de la Croix sainte ,
En lui parlait son cœur et se taisait sa voix.
Mais l'heure était propice ; et, dominant sa crainte,
Il commença, les yeux baissés, les mains en croix.

ANATHEL

Tu meurs, divin fils de Marie,
Pour le salut de l'univers ;
Mais ta bienfaisante agonie
Ne profite point aux Enfers.
Séduit en un jour de démence,
L'homme a droit, seul, a ta clémence ;
Seul, par ton sang il est sauvé.
Mais esprit pur, esprit céleste,

De sa rebellion funeste
L'Ange ne peut être lavé.

Il en est pourtant, — ô pardonne,
Pardonne a son ardent soupir ! —
Il en est un qui s'abandonne
Aux purs elans du repentir.
N'est-il pas du moins pour lui, comme
Il est en ce moment pour l'homme,
Un pleur, une goutte de sang ?
Sa faute egale son supplice ;
Mais à violer ta justice
O Christ, es-tu donc impuissant ?

Fais plus : qu'un miracle suprême,
Surpassant tout par sa grandeur,
Fasse enfin dans Satan lui-même
Du repentir germer la fleur !
Dans son esprit mets la lumière,
Dans son cœur mets la paix première,
Sous sa loi mets tes legions.
Transforme sa haine en hommage.
Rends-lui l'aspect de ton visage.
Rends-lui l'eclat de ses rayons !

Mais si, follement refractaire
A tes compatissants desseins,
L'Enfer persiste a se soustraire,
Par orgueil, aux remords divins,
Adoucis du moins les tortures,
Dieu puissant, que tu lui mesures,
Hélas ! avec trop d'equite ,

Et que l'Enfer, dans sa souffrance,
Malgré lui sente ta clémence
Jusque dans ta sévérite !

Viens du tombeau passer les heures
Parmi les pâles réprouves.
Viens contempler dans ces demeures
Quels tourments les ont éprouves.
De tes pardons s'ils sont indignes,
Accable de bontes insignes
Ces pervers toujours menaçants.
Sur les feux cruels de l'abime,
En pluie abondante et sublime,
Descends, descends, descends, descends '

—

Jusqu'alors effacé dans le silence et l'ombre, etc.

—o—

Fragment II

—

(vers 421)

Votre sein, toujours chaste, enfanta le Sauveur.

LES ÉLUS

Vous seule avez ete pure sans le baptème,
Le fruit de votre ventre est beni de Dieu même,
Et révèle le Verbe incarne parmi nous.
Arche de l'alliance, intercesseur des âmes,

Oui, vous êtes benie entre toutes les femmes,
Et le Seigneur est avec Vous !

SAINT-JEAN-BAPTISTE

Eve, un jour, pour venger son antique défaite,
Du Serpent sous son pied devait briser la tête ;
Mais Dieu prenait son temps, car il est éternel.
Chaque siècle attendait cette Eve Immaculée,
Et Satan, oublieux du Lys de Galilée,
    Croyait avoir raison du Ciel.

O Christ ! je tressaillis dans le sein de ma mere,
Quand vous fûtes conçu de l'Esprit-Saint du Père.
Dans les eaux du Jourdain je baptisai son Fils ;
Otant, sans hésiter, tout voile à ma parole,
J'ai, pour vous annoncer, parle sans parabole ;
    Les siecles etaient accomplis.

Dans l'obscure prison, dans le désert sauvage,
Ma vie et mon trépas ont rendu temoignage
Au Verbe qui m'avait sacre son precurseur.
Le premier entre tous, d'une voix souveraine,
Un pasteur de brebis sut a la race humaine
    Reveler son divin Pasteur.

LA FEMME ADULTÈRE

Je faillis, il versa dans mon âme epuisee etc.

Fragment III

—

UNE JEUNE FILLE

(vers 483)

Ainsi que les Hébreux a travers l'Arabie
　　Suivaient votre fanal divin,
A vos lueurs, mon Dieu, je marchai dans la vie,
Et ne me souillai point aux fanges du chemin.

Mes regards et mon cœur n'ont point connu ma mère;
Le sein qui m'allaitait se tarit dans la mort.
　　　　Ce sont vos anges de la terre
Qui veillerent sur moi comme sur un tresor.

Sous leur aile avec soin elles gardaient mon âme
　　Des attraits d'un bien décevant,
Comme en un soir d'hiver la main garde la flamme
D'un flambeau qui vacille aux atteintes du vent.

Mais il faut un cœur fort pour des combats sans nombre.
Le mien pouvait ceder à Satan triomphant.
　　　　Vous avez voulu de votre ombre,
Comme d'un bouclier, couvrir la pauvre enfant.

Vous m'avez, abregeant les heures d'infortune, etc.

———————

CHANT SIXIÈME

LE PURGATOIRE

Fragment I

(vers 19*)

Il est une autre porte, ouverte a presque tous,
Par où, grâces au Christ, le cœur bon, mais fragile
Lave d'un tort leger qui loin de Dieu l'exile,
Entre au Ciel, ayant pris la robe de l'epoux.
Mais quoi! celui-la seul appartient a l'Abîme,
Qui mourut tout chargé de ses pesants forfaits.
Contre un remords béni, si noir que soit le crime,
Les portes de l'Enfer ne prévaudront jamais.
Il n'est point de pardon, le Christ l'a dit lui-même,
Pour qui, n'en voulant pas, blaspheme l'Esprit-Saint.
Mais qu'un pécheur vers Dieu, quand vient l'heure suprême,
Tourne un regard contrit, Dieu lui rouvre son sein.
Ainsi, faisant un choix libre durant sa vie,
Tout homme acquiert, selon la Justice Infinie,
Une immortalite de bonheur ou de maux.
Mais auprès du mourant que Satan, joyeux, guette,

(*) Les vers qui suivent sont puisés presque toujours dans le dogme,
et quelquefois dans la doctrine simplement théologique.

3

La Clémence Infinie arrive, toujours prête
A protéger son âme, au prix d'un bon propos.

Le Ciel ne damne point l'homme bon sans croyance ;
Pour lui dès le tombeau s'ouvre un séjour serein.
Tout bienfait doit avoir sa juste récompense ;
Mais il n'aura jamais part au bien souverain.
La vision de Dieu sans voile et sans obstacle,
Voila le bien suprême offert par le Sauveur,
Les mérites du Christ peuvent seuls ce miracle
De rendre aux fils d'Adam l'aspect du Créateur.
A l'invincible erreur comme a la foi complète,
Par le Verbe Incarné ce bonheur est promis :
Et, grâce au repentir, si l'œuvre est imparfaite,
A purger ses péchés le coupable est admis.
Car sans l'œuvre, la foi n'est qu'un figuier stérile ;
L'homme qui fut pieux, mais qui ne fut pas bon,
Pauvre de charité, cet or de l'Evangile,
Doit dans le Purgatoire amasser sa rançon.
Il obtiendra le Ciel ; mais il faut qu'il l'achète.
Un tourment qui prend fin l'en fait digne en ce lieu.
Parce qu'il fut coupable, il doit payer sa dette ;
Parce qu'il l'a payée, il ira vivre en Dieu.

Pour moi, qui dois conduire, ange de délivrance,
Vers Dieu ces pécheurs pleins de maux et d'espérance,
Que ton œil voudrait voir, que ton œil cherche encor,
Moi qui lavai ma faute aux lieux expiatoires,
Je veux t'en révéler les mystiques histoires ;
Vers ces chers décédés abaissons notre essor. etc.

Fragment II

—

(vers 115)

Et semble lui prédire un supplice éternel.

En ce moment, du sein des zones infernales,
Comme une vis qui s'ouvre en croissantes spirales,
S'élance et tourbillonne un lointain ouragan ;
L'air ému semble épandre une odeur de blasphème,
La trombe enfin pénètre au Purgatoire même,
Puis, tout d'un coup éclate, et vomit la Satan.

SATAN

A moi vous tous, esprits coupables,
Que, pour peupler ses Cieux déserts,
Dieu, dans ses calculs misérables,
Voulut dérober aux Enfers !
Du tyran que ma fierté brave,
Par mes soins cessant d'être esclave,
Eve aima mieux suivre ma loi ;
Vous aussi fites choix d'un Maître !
Venez enfin le reconnaître !
Venez, enfants d'Eve ! — C'est Moi !....

C'est Moi qui, prenant en tutelle
Votre destinée au berceau,
L'assouvis avec tant de zèle
De voluptés jusqu'au tombeau.

Dieu semait vos jours de tristesses ;
Moi, je les semais d'allegresses,
Lui, de douleurs ; Moi, de plaisirs,
Sa main vous offrait des cilices,
J'inventais pour vous des delices
Que n'epuisaient pas vos desirs !

ARIEL ET CÉTURA

Mere du Christ, Vierge Marie,
 Reine des Cieux,
Des penitents le cœur vous prie :
 Priez pour eux !

SATAN

Mais si par la reconnaissance
Vous ne vous sentiez pas lies,
Que mon droit juste et ma puissance
Par vous ne soient point oublies !
Vous, dont avait horreur la terre,
Qui ne voulûtes point de frere,
Qui ne voulûtes point d'egal,
Vous, qu'inspira l'esprit d'injure,
D'orgueil, de haine et de parjure,
La soif de l'or, la soif du mal,

Vous, en qui l'amour de soi-meme
Eteignit l'amour du prochain,
Vous, dont l'audacieux blasphème
Jusqu'à Dieu jeta son dedain,

Evoquez votre histoire infâme !
Cherchez quel compagnon votre âme
Jadis prit librement ! — Mais quoi !
Celui qui vous prêta son aide,
Celui qui, depuis, vous possède,
C'est Moi ! c'est Moi ! c'est toujours Moi !

ARIEL ET CÉTURA

Mère du Christ, Vierge Marie,
     Reine des Cieux,
Des pénitents le cœur vous prie !
     Priez pour eux !

SATAN

C'est en vain que votre agonie
Dans le repentir s'exhala !
Pour épurer toute une vie,
Pervers, il faut plus que cela !
Pour vous, point de celeste aurore !
Point d'espoir ! — Dieu vous trompe encore,
En le faisant luire à vos yeux !
J'ai tenu note de vos crimes !
Votre place est dans les abîmes,
Pervers, et non pas dans les Cieux !

Mais d'une impossible clémence
Si Dieu semblait vous faire don,
Pourriez-vous, ô honte ! ô démence !
Croire à ce decevant pardon !

Non, non !... Sachez qu'un jour s'apprête
Où Dieu d'une juste défaite
Connaîtra l'éternel émoi !
A Moi donc, revanche et victoire !
A vous, liberté, bonheur, gloire !
Votre Sauveur, c'est Moi ! c'est Moi !

ARIEL ET CÉTURA

Mère du Christ, Vierge Marie,
    Reine des Cieux,
Des pénitents le cœur vous prie !
    Priez pour eux !

Ces accents de fureur et de pitié surgirent
Jusqu'à Dieu. Dieu s'émut, et les Cieux s'entrouvrirent ;
Et Satan, de ses yeux, en ce moment put voir
Devant son divin Fils la Vierge Immaculée
Suppliante ; — Et Satan, dans son âme troublée,
Sentit plus que jamais sévir le désespoir.

Les Elus, dans leur voix faisant passer leur âme,
Chantaient : « Vierge, par Vous, paix à qui se repent !
» C'est de Vous qu'il fut dit à la première femme.
— « La Femme écrasera la tête du Serpent. » —

Comme un aigle imprudent, qui va tenter la nue,
Y réveille la foudre en ses flancs contenue,
En est frappé, fléchit, tournoie, et, presque mort,
En proie aux coups vengeurs d'une flèche embrasée,
Retombe, l'œil éteint, l'aile en deux parts brisée,

Dans le gouffre rocheux d'où surgit son essor ;

Tel est frappé Satan , son aile s'est fermée,
Impuissante. Il voudrait lutter ; mais, stupéfait,
Il retombe ; et sous lui, la trombe, reformée,
Tourbillonne, l'étreint, l'emporte et disparaît.

Tout a coup, une étrange et lointaine harmonie, etc.

L'ENFER

Fragment I

(vers 196.)

Des passions brise le frein.

Malheur a cet humain etrange,
Qui, par d'effroyables accords,
Avec la brute, dans la fange,
Voulut partager ses transports !
Malheur à ceux dont l'âme impure,
Objet d'horreur pour la nature,
Se révolta contre ses lois,
Et qui, jaunes hermaphrodites,
Goûtent ces voluptés maudites
Dont périt Sodome autrefois !

Malheur a ceux dont la colere etc.

—o—

Fragment II

(vers 226)

La medisance ou la fureur

Malheur a ce triplement fourbe,
Miserable epicurien,
Dont le front à l'autel se courbe,
Et dont l'esprit ne croit à rien ;
Qui, par un double benefice,
Veut joindre aux agrements du vice
Les honneurs de l'austerite,
Et, démon sous un masque d'ange,
D'un faux vernis voilant sa fange,
Fait mepriser la piete !

Quel que fût l'excès de vos crimes,
Dans son amour infini, Dieu, etc.

—o—

Fragment III ']

—

LES ORGUEILLEUX

(vers 312)

Ainsi qu'un lezard vil qui rampe sur la pierre,
Ici, l'orgueilleux marche a plat ; — jadis altière,
Sa face adhère au sol et ne voit plus les Cieux,
Et chacun, en passant, du pied, dans la poussière
Froisse et salit son front — toujours imperieux.

Le sarcasme a la levre, evoquant son histoire,
Tous rendent un hommage ironique a sa gloire .
— « Daigne nous regarder, ô Jupiter tonnant ! »
— « Qu'as-tu fait de ce verbe où tapageait la foudre ? »
— « Qu'as-tu fait de ton char qui soulevait la poudre ? »

— « Qu'as-tu fait des hochets a ton cou rayonnant ? »

— « Qu'as-tu fait des longs plis de ta robe empourprée ?

— « Qu'as-tu fait des valets presses autour de toi ? »

— « Qu'as-tu fait des flatteurs qui portaient ta livree,

» Et recevaient ton or, tes dedains et ta loi ? »

— « Sans doute, ici-bas même à tous faisant envie,

» Pour briller dans la mort ainsi que dans la vie,

» Tu mis dans ton cercueil tes tresors et ta cour,

» Tes tresors, seul moyen d'obtenir son amour !

» Dresse-toi, tout paré de tes splendeurs insignes !

» Lève ta tête auguste, ô puissant d'autrefois !

» Tous vont se prosterner au moindre de tes signes !

» Tous, pour te celebrer, vont accorder leurs voix !

» Mais, ô fatal oubli !.... tu laissas sur la terre

» Ce qui fit ton merite, insense !.... Ton cercueil

» Ne reçut en depôt que ton drap funeraire,

» Avec ta chair vereuse et ton vivace orgueil '

» Ah ! ce n'est pas assez pour qu'ici-bas l'on t'aime !

» Pour la premiere fois entends la verite :

» Tu n'as plus d'or ! Sois donc meprise ! deteste !

» Tu n'as plus d'or ! tu dois te mepriser toi-même ! »

— « Daigne accepter ce don d'un humble courtisan :

» Il te rend ce crachat qu'il reçut de ta bouche ! »

— « Tous les pieds, quels qu'ils soient, sont egaux à present ;

» Ton pied me toucha, maitre ; ici, le mien te touche !

» De ton ancien valet, tiens, reçois ce present ! »

Et sans jamais entendre une parole amie,

Toujours rampant, fletri dans l'âme et dans le corps,

Le maudit, sous le poids de sa double infamie,

Se meprise lui-même, etant la, — sans tresors !

Fragment IV

—

LES INGRATS

(vers 521)

Il aperçut, au fond d'un sombre précipice,
Se debattre un damné qu'un dragon monstrueux,
Prêt a le devorer, etreignait de ses nœuds.
Jadis, comme aujourd'hui, dans les forêts profondes
Que le Gange et l'Indus arrosent de leurs ondes,
Sous l'effort d'un serpent aux tortueux anneaux,
Il sentait fuir sa vie et crepiter ses os.
Le souffle, comprime, désertait sa poitrine,
La pourpre de son sang sourdait de sa narine.
O scène epouvantable ou l'homme et l'animal
Terminaient, sans temoins, un combat inegal !
La Mort sur l'œil de l'homme avait battu de l'aile
Le Silence discret, son compagnon fidèle,
Attentif, ecoutait l'âme aux libres essors,
Refractaire au trepas, se detacher du corps.
Un inconnu survient en ce moment suprême ,
Pouvant fuir, il s'avance, et, s'oubliant lui-même,
Hardi provocateur d'un effrayant duel,
Dans la gueule du monstre il plonge un fer mortel.
Au defaillant reptile arrachant sa victime,
Par ses soins genereux bientôt il la ranime
— Or, plus tard, le sauve, sans l'aider de son pain,
Retrouva le sauveur expirant sous la faim.

L Enfer pour lui s'ouvrit enfin , l'affreux ceraste,
Acharne , l a suivi jusqu'en ce lieu nefaste ,

Et, malgré les clans du maudit aux abois,
L'enserre de replis plus retors qu'autrefois.

Ainsi cruellement l'Ingrat payait son crime.
Le malheureux luttait ; — sur le bord de l'abîme,
Se penchant pour le voir, deux démons avaient pris
Le masque de sa fille et celui de son fils.
Lui, les voyant, disait · « Je vous vois, et j'espère !
» O ma fille ! ô mon fils ! vous dont je fus le père !
» Un oracle certain, bonheur du réprouvé,
» Permet que par vous seuls je puisse être sauvé !
» De quels soins genereux, de quel amour immense,
» De quel dévouement pur j'entourai votre enfance,
» Vous le savez ! — Eh bien, rendez a moi, damné,
» Un peu de tant d'amour que je vous ai donné !
» Sans venir partager mon sort inexorable,
» Il suffit de me tendre une main secourable,
» Et mon tourment finit ! . »

                        — Mais eux, juste destin,
Ingrats envers l'Ingrat, ne tendaient pas la main.

LES POÈTES CORRUPTEURS

Ici, tu subissais ton sort, poete infame,
Qui prêchas pour l'Enfer avant que d'y tomber.
Dans tes os decharnes habite encor ton âme,
Mais un demon railleur, les passant a la flamme,
En luth, toujours vivants, les a fait se courber.
Jamais, quand l'atteignit l'electrique etincelle,
Humain ne fut en proie à douleur plus cruelle.
Du sensible instrument tes nerfs forment les nerfs.

Dans la nue au flanc lourd, que l'orage a brunie,
Le démon, s'inspirant de ton fatal génie,
Aux accords de ce luth déclame tes beaux vers.
Sous ses ongles crochus la corde se déchire,
Accompagnant sa voix de plaintifs grincements.
C'est toi, barde pervers, qui gémis dans ta lyre,
Toi, dont le rythme impur a scandé les tourments !

LES BEAUTÉS VANITEUSES

Plus loin, posant ses pas sur des roses brûlantes,
Le corps tout ulcéré de lèpres purulentes,
Gémissait une femme en qui l'œil enchanté
Autrefois admira la plastique beauté.
Vaine de ces attraits où le désir s'enflamme,
Dédaigneuse des dons de l'esprit et de l'âme,
Elle sut trop souvent, par ses charmes vainqueurs,
Des droits chemins du Ciel détourner trop de cœurs.
Tous les amants, jadis soumis a son empire,
Fiers d'avoir obtenu la faveur d'un sourire,
De leur ancien amour étonnés et honteux,
Veulent fuir son regard qui s'acharne après eux.
Sa vieille illusion persiste encore en elle :
« Vous cherchiez mes baisers ! les voici ! je suis belle ! »
Mais d'un geste d'horreur tous tentent d'écarter
Le baiser qu'a leur front elle vient incruster.
Leur lèvre s'ouvre alors, mais non pour la louange .
— « Oh ! l'horrible harpie ! » — « Oh ! la sordide fange ! »
— « Offre a qui les voudra tes dégoûtants transports ! »
— « La lèpre de ton âme a passé sur ton corps ! »

Et, sans fin juive errante au décevant voyage,

De baisers en baisers et d'outrage en outrage,
Elle porte partout son desespoir affreux,
Sans trouver un fidele entre tant d'amoureux !

LES CONQUÉRANTS

Ailleurs, sur un rocher, malfaisant Promethee,
Un homme est retenu par quatre anneaux de feu.
C'est un de ces heros dont la gloire est citee,
Mais que l'Humanite nomma *fléaux de Dieu*.
Comme au soir desiré des luttes meurtrieres,
Un sommeil invincible alourdit ses paupieres,
Mais le bruit des combats rugit a ses côtes.
Et, tandis qu'il entend, fletrissant son genie,
De maledictions une âpre symphonie,
Il voit pleuvoir sur lui des membres amputes
A l'horizon, du sang de leurs fils arrosees,
Il voit les femmes fuir des villes embrasees.
Il sent sur tout son corps, champ de bataille affreux,
Mitraille, eclats d'obus, coups de feu, coups de lattes (1),
Fondre, et cribler sa peau d'entailles ecarlates ;
Plus le combat fut grand, plus les coups sont nombreux !
Les soldats qu'il guidait au carnage d'eux-mêmes,
Pour bâtir sur leurs os sa grandeur et son nom,
Le traitant sans pitie comme chair a canon,
Amputent ce heros lapide d'anathemes !

Ainsi, de ses calculs dur mais juste retour,
Les maux qu'il fit souffrir, il les souffre a son tour.

1) Sabres droits des dragons.

LES SUICIDES

Ici, l'œil assombri, sur une aride plage,
Erre un damné, jadis de lui-même bourreau,
Deserteur de la vie, amoureux du tombeau,
Sa main du Createur brisa l'humain ouvrage.
Mais son ouvrage, a lui, reste eternellement.
Le poison qu'il a bu, se changeant en tenailles,
Tord en sens opposes et retord ses entrailles,
Et ce qui fit sa joie, ici fait son tourment.
Inespere bonheur dans sa souffrance amere,
Il voit, il veut presser sa compagne, sa mère,
Ses enfants, qui sont morts dans le vice ou la faim !
— Comme il les delaissa, chacun d'eux le delaisse.
En lui, l'âme et le corps, tout souffre, et sa détresse
Entre ces doubles maux se balance sans fin.

LES HAINEUX

Plus loin, avec des cris de douleur et de rage,
L'œil voile du sourcil, s'assaillaient deux damnés
A s'entrelacerer, sans repos acharnés ;
Un sang tiède mondait leurs mains et leur visage.
Tous deux avaient vecu dans des transports haineux
Que n'avait pu la mort même etouffer en eux.
Leur haine, dans l'Enfer avec eux descendue,
Comme un aimant secret fait pour ces eprouves,
A rapproche leur course a travers l'etendue ,
Pour ne plus se quitter ils se sont retrouves.
Ils se font depuis lors une implacable guerre.
Leur fatigue, leurs maux, ceux des autres maudits,

De leur combat sans fin rien ne peut les distraire ;
Sans broncher, pour toujours ils se font vis-à-vis.
Forts pour l'agression, faibles pour la defense,
Chacun avec amour satisfait sa vengeance ;
Chacun, de ses dix doigts, devenus crocs d'airain,
Fend la poitrine a l'autre, et, fouillant dans son sein,
En arrache le cœur, et, tout fumant encore,
Comme un chacal a jeun, le mâche et le devore !
Le mal les porte a fuir, la haine le retient.
Chacun demande grâce ; aucun n'écoute rien.
Comme dans les jardins, sur la feconde tige,
A la fleur qui n'est plus succède une autre fleur,
Dans leur double poitrine, — ô terrible prodige ! —
Les racines du cœur germent un autre cœur.
La chair renaît aussi ; de plus en plus immense,
La torture achevee a l'instant recommence ;
Et chacun, tour à tour patient et bourreau,
Succombe et se ranime a ce tourment nouveau.

D'un mutuel supplice artisans et victimes,
Transportant leurs fureurs de la terre aux abîmes.
Ces maudits, dans leur double et sombre cruauté,
A se manger le cœur passent l'eternité.

LES APOTRES DU DOUTE

Plus loin, les sages fous, les sectaires du doute,
A d'immenses hauteurs dans l'espace perdus,
Par un fil invisible, à la funèbre voûte,
La tête en bas, etaient a jamais suspendus.
L'œil jaune, le front froid, le visage ecarlate,
Tournoyant sous le fil detordu par leur poids,

Aux chocs d'un pouls aigu leur tempe se dilate,
Et dans leur cou gonflé siffle et râle leur voix.
Chacun dit le grand mot qui contient le système
Jadis elucubre par son cerveau rêveur ;
Chaque autre, l'insultant par un rire moqueur,
Joint un cuisant depit à sa souffrance extrème.
Leurs discours opposes se croisent ; ils se font
D'eclatants dementis l'un à l'autre largesse ;
Ce que l'un croit folie est pour l'autre sagesse.
L'enfer est dans leur âme et Babel dans leur front.
Autour d'eux, s'empressant, les aquilons font **rage**.
La tempête s'exalte, et, pendules vivants,
Balances dans les airs avec un bruit sauvage,
Ils se heurtent l'un l'autre, à l'exemple des vents.
De plus en plus grandit la volte meurtrière,
Et, l'esprit ahuri sous ces chocs repetes,
Sans obtenir la mort d'une atteinte dernière,
Les crânes des maudits s'ouvrent ensanglantés.

Vertige sans répit, angoisses sans mesure,
Dont jamais ces damnes ne trouveront le bout,
Ah ! vous realisez dans leur chair la torture
Dont leur esprit trouble jadis eut l'avant-goût.

LES LUXURIEUX

La, mille oiseaux, parés d'un chatoyant plumage,
En perles pour l'oreille égrainant leur ramage,
Chantaient en chœur un hymne aux molles voluptes,
Sous des arbres en fleurs, a l'odorant feuillage,
La mousse déroulait ses tapis veloutes
L'air exhalait l'amour, le sol palpitait d'aise,

Tout semblait en ces lieux convier deux amants
A savourer la coupe aux longs énivrements,
Ou des sens affoles l'ardente soif s'apaise.
Jamais tant de rayons n'avaient lui dans leurs yeux.
Jamais leurs traits charmants n'eurent tant de délices.
Jamais leur bouche en cœur, nid des plus doux caprices,
Ne s'etait modelée en plis plus gracieux.
Les roses, frais rubis, ornant leur chevelure,
S'en echappaient par feuille en souriants essaims ;
Les myrthes, a leurs flancs assouplis en ceinture,
Les pressaient l'un sur l'autre et rapprochaient leurs seins,
Oh ! les beaux fiancés ! Oh ! les nerveux delires !
Oh ! les soupirs plus doux que l'accord de deux lyres !
Oh ! les regards charges de langueur !... — Juste ciel !
Chacun d'eux, celebrant ces fètes nuptiales,
Prenait à son insu des formes bestiales ;
L'autre apercevait seul ce changement cruel.

Leur visage et leur voix — metamorphose étrange ! —
Par degres successifs, d'un ignoble pourceau
A reçu les contours et revêtu la fange,
Et sous tant de degoût s'horripile leur peau.
Ils entendent, — ô deuil de l'euphonie humaine ' —
Leur voix degenere en affreux grognements ;
Ils veulent s'arracher à ces embrassements,
La ceinture de fleurs est la, qui les enchaîne !

Désirs toujours nouveaux, mecomptes toujours prompts !
L'horreur glace leurs sens, quand l'amour les embrase.
Ils trouvent leur tourment dans leur trompeuse extase,
Et chaque assaut d'amour est un assaut d'affronts.

LES GOUVERNANTS INDIGNES

Là, sont moulus sans fin ces maîtres de la terre
Par les peuples subis, des peuples abhorrés,
Qui, sauvages fauteurs d'une eternelle guerre,
Ont épuisé le sang des sujets eplorés ;
Ces princes faineants, sans pudeur et sans âme,
En qui le sens moral n'a jamais habité,
Qui firent d'un palais un lupanar infame,
Et des coussins du trône un lit de volupté,
Ces tyrans qui, fondant sur la fraude et le crime
Un pouvoir conteste par leur propre raison,
Livrèrent aux rigueurs du glaive ou du baillon
La plainte la plus humble et la plus legitime ;
Ces rois et ces consuls felons a leur devoir,
Qui, soignant seulement leurs propres destinées,
Firent, sans nul souci des races gouvernees,
Du sceptre ou du faisceau le levier d'un pressoir.
Pour ces pervers croissait, troupeau d'humains, ta laine ,
Pour eux, oiseaux humains, naissaient vos oisillons,
Pour eux, tu distillais ton miel, ô ruche humaine ;
Pour eux, ô bœufs humains, vous creusiez vos sillons !
Pour eux, a leur joug dur vos vigueurs assouplies ;
Pour eux, vos sueurs, prix des royales folies ;
Pour eux, meres, vos fils ; pour eux, hommes, vos os !
Pour eux, pour eux, pour eux, les biens ! — Pour vous les maux !

Ils savent aujourd'hui ce qu'un tel pouvoir coûte ;
Ils sont supplicies ainsi qu'ils ont vecu
Une meule d'airain, sur eux frayant sa route,
Avec tout le sang, jusqu'a la derniere goutte,
Leur fait rendre tout l'or, jusqu'au dernier ecu

LES FAINÉANTS

Ailleurs, impatients, se tordaient sur leurs couches, etc.

—o—

Fragment V

—

(vers 925)

Ensemble ou tour a tour poussent des cris affreux.
A ce clavier, complet en âpres résonnances,
Chaque touche, en son lot d'orageuses cadences,
Soubresaute, gémit, grince, on croirait monter
Dans la gamme des tons l'echelle des souffrances,
Qui se perd en degrés que l'œil ne peut compter.
Le crescendo mugit ; et le maître barbare, etc

o—

Fragment VI

—

(vers 940

Vous n'approchez en rien de ces lugubres scenes !
Non, vous n'approchez point de ces accents qui font
En grondements sans fin rouler un fort tonnerre
Dans les valves du cœur, comme en celles d'un mont
Que le feu souterrain va changer en cratère.
Non, vous n'approchez point de ces eclats stridents, etc

CHANT NEUVIEME

LE NÉANT

Fragment I

(eis 270.)

Que pour assouvir notre faim.

Poursuivant mes desseins dans l'ombre,
J'ai, sans pouvoir être arrête,
Marqué de desastres sans nombre
Chaque pas de l'Humanite.
Race de Dieu, par Dieu trahie,
Ces fils du Ciel, après la vie,
Croyaient m'echapper desormais !
La tombe en vain sur eux se ferme,
La tombe ne met pas un terme
Aux tourments que je leur promets !

Depuis le jour ou d'une pomme
Faisant germer l'adversite,
J'ai su ravir au premier Homme
L'Eden et l'Immortalite,
Où j'ai fait, sans pitie stupide,
Sous l'œil d'Adam, un fratricide,
Un fratricide de Cain,

Jusqu'au jour ou l'œuvre divine
Sous l'œil divin tombe en ruine,
Jusqu'au jour qui se lève enfin ,

Qu'elle a dure, cette bataille,
Dont les humains etaient l'enjeu !
Mais Dieu n'allait pas a ma taille ,
Je viens de le prouver a Dieu
Dans son antique espoir deçue,
Eve aujourd'hui voit, eperdue,
S'eteindre sa posterite !
Encore un jour, je vous amene,
Remise aux mains de votre haine,
L'Humanite ! l'Humanite !

Courez des découvrir abimes, etc

CHANT DIXIÈME

LA DERNIÈRE ORGIE

Fragment I

(vers 345.)

Sous lequel tout cheveu se dresse !

Il s'agit aujourd'hui du sort de l'univers.
Les trouvant egaux dans le crime,
Dieu brise aux rois leur sceptre, aux esclaves leurs fers,
Et les fait egaux dans l'Abîme.

A genoux ! à genoux ! l'instant est solennel !
Sur l'heure implorez sa clemence ; etc.

CHANT TREIZIÈME

—

LE JUGEMENT DERNIER

Fragment I

—

(vers 588)

Ainsi qu'au Golgotha, tout etait consomme !

Satan vers l'Eternel tournait un œil sauvage,
Essayant, le dernier, de resister encor.
La trombe allait toujours, et brisait son effort.
Lui, terrible, exhalait son orgueil et sa rage ·

SATAN

Pauvre Artisan deçu, tu travaillais pour moi !
Nos comptes sont réglés, je l'emporte sur toi !

Elle a donc sonne, l'heure du partage !
A toi, ce desert qu'on nommait le Ciel.
L'Enfer plein d'humains, l'Enfer éternel,
L'Enfer sans limite est mon heritage !
Sinon sans ardeur, du moins sans espoir,
Tu me contestais le sceptre du monde !
Reviens a toi-même et sache enfin voir
Que sur tes revers mon regne se fonde !

Pauvre Artisan deçu, tu travaillais pour moi !
Nos comptes sont regles, je l'emporte sur toi !

> Ces mille soleils — reflets de ta face —
> Que tes doigts feconds semblaient egrainer,
> Si tu peux encor, fais-les rayonner !
> Mais ou sont-ils donc ? Ou donc est leur place ?
> Quoi ? de tout, plus rien ! Créateur d'un jour !
> Ton Verbe est muet ! Ah ! laisse-moi plaindre
> De tes grands desseins le triste retour !
> Comment tes soleils ont-ils pu s'eteindre ?

Pauvre Artisan deçu, tu travaillais pour moi !
Nos comptes sont regles ; je l'emporte sur toi !

> Et tes beaux enfants, faits à ton image,
> Dis-moi, les as-tu du moins conservés ?
> De mes pieges noirs sans doute sauves,
> Ils sont près de toi, te rendant hommage ?
> — Tes enfants, helas ! si chers et si beaux,
> Ils ont pour Satan renie leur Pere !
> A tes vains appels leurs cœurs se sont clos,
> Et tu peuples seul ton divin repaire !

Pauvre Artisan deçu, tu travaillais pour moi ;
Nos comptes sont regles ; je l'emporte sur toi !

—

Satan parlait encore et menaçait du geste.
Abaddon s'inclina vers le gouffre beant,
Et, sur l'âpre Insulteur scellant le seuil funeste,
Il en jeta les clefs en debris au Neant. etc.

ERRATA

DES DEUX VOLUMES DE L'EPOPLE DE SATAN

———— o ————

CHANT II

571   N'enfantez pas dans les pleurs

[CHANT III

468   Dérober enfin votre foi

CHANT IV

173   Ce n'est plus un idole, un temple inanime,
      Un homme sur son sort follement alarme,

70   Mais Dieu prit en pitie l'angoisse du maudit,

CHANT V

54   Est le par Abaddon tout à coup transporte

143   Renvoye d'Herode à Pilate

163   Voiles du Tabernacle, echarpez-vous — Montagnes,

491   Du Libre Arbitre humain et de la Prescience

CHANT VI

27   Couvrez-le d'un pardon peut'-ètre meme

444   Il se sous assouplit melodieux annot,
      Au rythme tendre et pur du barde de la terre

470   Et lorsque vous souflrez cette mlle passion,

CHANT VII

304   Les sombres Envieux — Au fond de leur blessure
Sont des nids de serpents en quête de pâture,
Qui, leur fouillant le cœur d'aiguillons douloureux,

935   Des immondes verrats immondes grognements,

981   Ici, commence à descendre par degrés sur la scène, l'ombre
qui couvrait le mont des Oliviers, quand Judas livra le Christ

CHANT VIII

154.   Sur la toile et le luth sept tons groupaient leur gamme.

331.   Et qui couvent les morts d'un regard dévorant ?

CHANT IX

206.   Et répandre a ses pieds ses prières pour vous ?

CHANT X

3   Alors partout s'épand un lugubre silence ,

38.   Ses dômes d'arcs-en-ciel sur ses groupes d'arceaux

155   Ou l'on peut a loisir traire la volupté !
Ce sont les longs cheveux ondoyant sur sa couche,

CHANT XIII

Après le vers 234   L'ANGE D'UN DÉBAUCHÉ

TABLE DES FRAGMENTS

Chant I.   *La Terre*   1

Chant V.   *Le Ciel.*   5

Chant VI.   *Le Purgatoire.* 11

Chant VII. *L'Enfer.* 19

Chant IX.   *Le Néant.* 33

Chant X.   *La dernière Orgie.* 35

Chant XIII. *Le Jugement dernier* 37

EN VENTE

chez tous les libraires de Bordeaux

LE MANUSCRIT DU DOCTEUR FRANTZ

Par G. AUDEMARD

(Bordeaux, Auguste Lavertujon, imprimeur-éditeur.)

Bordeaux. — Typographie de Auguste Lavertujon, rue Montmejan, 7 — 1862.